imaginist

U0127018

想象另一种可能

理
想
国
imaginist

木心全集

我纷纷的情欲

木心

上海三联书店

图书在版编目（CIP）数据

我纷纷的情欲 / 木心著 . 一上海：上海三联书店，
2020.5（2020.10重印）
（木心全集）

ISBN 978-7-5426-6994-0

Ⅰ . ①我… Ⅱ . ①木… Ⅲ . ①诗集－中国－当代
Ⅳ . ① I227

中国版本图书馆 CIP 数据核字 (2020) 第 038431 号

我纷纷的情欲
木心 著

责任编辑 / 方　舟
特约编辑 / 曹凌志
装帧设计 / 陆智昌
制　　作 / 陈基胜　马志方
监　　制 / 姚　军
责任校对 / 张大伟

出版发行 / 上海三联书店
　　　　　（200030）上海市漕溪北路331号A座6楼
邮购电话 / 021-22895540
印　　刷 / 山东韵杰文化科技有限公司

版　　次 / 2020 年 5 月第 1 版
印　　次 / 2020 年 10 月第 2 次印刷
开　　本 / 787mm×1092mm　1/32
字　　数 / 28千字
图　　片 / 2幅
印　　张 / 7.5
书　　号 / ISBN 978-7-5426-6994-0/I・1615
定　　价 / 59.00元

如发现印装质量问题，影响阅读，请与印刷厂联系：0533-8510898

1995 年在英国

1984 - 1991 年在纽约

我纷纷的情欲

目　录

一　辑

一辑

我纷纷的情欲

尤其静夜

我的情欲大

纷纷飘下

缀满树枝窗棂

唇涡，胸埠，股壑

平原远山，路和路

都覆盖着我的情欲

因为第二天

又纷纷飘下

更静，更大

我的情欲

1990

3

地中海

冰块摹拟着
往事说
拿波里的那几天
阳台对食草莓
皆因口唇
咀嚼之际尤美

不可知论
在远涯辊鸣
白帆，黑帆
也许黑白方格帆
迎面吹来
伟大慢板的薰风

1989

牛奶·羊皮书

牛奶中

有牛的力气

羊皮书中

有羊的智慧

我天天喝牛奶

长久不读羊皮书了

论智慧

现代才可能有

现代又一无智者

本世纪的天之骄子

假装要自杀

叫世界殉葬

世界呢

早就油掉了

1987

艾斯克特赛马纪要

每年

不免要

置身艾斯克特

走动着

啜香槟

坐下来

品味草莓

听皮而不俏的俏皮话

呆看女人们的帽子

帽子说

早已技穷了

女人不知道

男人不知道

帽子知道

别的，也都

一天天技穷了

　　　　　　　　　　1988

巴黎俯眺

许多打着伞

在大雨中

行走的人

我们实在

还没有什么

值得自夸

1990

茴 香 树

高大茴香树
伞形黄花
墓地芬芳闷热
弗雷德利克少爷
不再到海上去了

1989

FARO

果香花香广场一片憨娈夕阳
缎滑薰风裹送阵阵晚祷钟声
人是五彩幽灵，说话轻似寂静
凯尔特、条顿、摩尔族之调色板

餐桌位于葡萄架下，举手可摘
海鲜汤后，烤剑鱼，我又受难了
此国的厨师个个慷慨挥霍盐
我不能靠甜食过日子，唉咸哪

夜十时，小镇 Faro 丝丝入睡
一切安善，没有谁放浪形骸
路畔橘果坠地而裂，整夜芬芳
可惜葡萄牙人的舌头非我族类

1987

寄回波尔多

我不偏爱沙拉

除甜瓜外

也不嗜好其他水果

父亲不喜欢一切酱汁

我喜欢

若就品种而言

没有食物不适于我

新月也罢

满月也罢

秋也罢春也罢

对我的胃纳无影响

拿小萝卜来说

很合口味

继之发觉不易消化

现在又比较好些了

我都是这样在轮换

白葡萄酒红葡萄酒

再回到白葡萄酒

我特别贪吃鱼

忌讳鱼和肉混淆

吃鱼的日子不吃肉

我认为是良心问题

《蒙田随笔》第三卷第十三章《论经验》中有一节写得如此倜傥直率，令人莞尔慨允别有奇趣，试加分行断句，措置而得以上一首，盖东方之恬淡，欲辨已忘言，而西方之恬淡，忘言犹欲辨也，是诗之可念，殆古今诗薮中之最乏味者哉，中国晚明小品诸家亦将瞠乎其所以，故存之，有待顽仙之俦取乐耳。巴斯卡（Pascal）曰："蒙田涉己多烦言。"近人中唯知堂耽此道，惜其未必解诗。

1988

佐治亚州小镇之秋

那年秋天

一段欢乐时光

周围农村收成好

烟草价格

市场上坚挺不坠

炎炎长夏过后

最初的凉爽

使人松快得

直想去做件大事

路面尘土飞扬

路边菊花金黄

甘蔗熟了

透出尊严紫红

每天清早客车来

带小孩去学校

假日在松林里

他们合伙猎狐狸

家院的绳索上

晾满被褥冬衣

白薯摊了一地

干草堆得高又高

暮色苍茫

屋舍间炊烟袅袅

橘色的月亮扁而大

头几个寒意夜

静得不能更静

以前的秋天

好像没有这样静的

1989

即　景

夏日向晚

海滩人散了

驾车上路

靠出车窗外的

赭黑壮实的肘臂

剽悍　恬静

逆夕阳而驰

仿佛犹在眼前

1989

在雅尔塔

这样的长谈，只有
赫尔岑与屠格涅夫
青春岁月中才会有的
那光景，人们彻夜不寐
谈美，永恒，崇高的艺术

生活的道路太不同
萍水相逢，匆匆分手
这位尊贵的朋友过于拘谨
啊，那个夜晚，由于年轻
诚不知矜持为何物

在最昂贵的餐馆晚宴
席间才谈一两句

便有相见恨晚之感

我们并坐着

喝阿布芬久尔索香槟

走上凉台

谈俄罗斯散文与诗的衰落

步下台阶

那是旅馆的大院

我们不觉已到了海滨街

时已夜深

一路阒无行人

临岸相对憩坐

钢索的焦油味

黑海特有的清爽气息

普希金，莱蒙托夫

丘特切夫，费特，迈可夫

他还朗诵迈可夫的诗

"我去岩洞等你

在那约定的时辰"

他赴美国之前

我们曾多次会面

总不及初相识的那回

海滩，整整谈了一夜

他搂住我：我们将终生为友

　　蒲宁在雅尔塔结识拉赫马尼诺夫。

1989

俄国九月

沿途所遇大车都运载家具杂物
九月的雨刚过，果园间小巷泥泞
树叶全枯黄，凋疲景象要持续到来春
饮料铺子紧闭店门，全然病废似的
滨海别墅，巉岩上的小屋百叶窗放下
剩落艳红的野葡萄藤缠绕灰白的柱子

火车班次减少，到站离站汽笛长鸣
空气洁净，传得远而又远像是回声
果园间火车隆隆的轨音也消失之后
万籁俱寂，踏着枕木走去，呼吸均匀
凉爽的秋风轻灵甘媚，要是留在这里
每夜听黑暗中翻腾的大海波涛声

1989

阿尔卑斯山的阳光面

早晨，滑雪

山间小溪钓鱼

下午，海滨游泳

葡萄园劳作，饮酒

每个村庄有一座教堂

静静的巴罗克尖顶

客栈，小学，坟场

野花开遍斜坡山谷

卡穆尼克对面层峦起伏

是奥地利吗，是奥地利

大山羊颈挂铃铛，领头

小山羊不好好走跳跳蹦蹦

没多时已登上了帕尼瓦峰

消失在淡青的云雾中

红，白，紫，黄

斯拉维尼亚到处是花

矮矮的小杜鹃最兴奋

恣肆占有坡地

卡穆尼克的 SADDLE

山头上坐满了人

捧着啤酒，咖啡

跳波卡舞的不仅是青年

在南美担心被抢被偷

匈牙利、布达佩斯真的老了

布拉格游客多得莫名其妙

唯这斯拉维尼亚

文雅的乡土

纯正的乡土味

原来只有乡土味才是文雅的

1989

大　卫

　　交给伶长
　　用丝弦的乐器

莫倚偎我

我习于冷

志于成冰

莫倚偎我

别走近我

我正升焰

万木俱焚

别走近我

来拥抱我

我自温馨

自全清凉

来拥抱我

请扶持我

我已衰老

已如病兽

请扶持我

你等待我

我逝彼临

彼一如我

彼一如我

1990

南欧速写

N 雄威的眉宇间
出现不相称的羞涩
每次都恰如其分

名城豪奢大街
穿着朴实得像个山民
难掩 M 的一身宫廷气

我常遗忘物件
A 收存着，见面就交给我
似乎喜事连连

诚悫，顽皮，L 呀
常把真挚的表情弄成鬼脸

迸出火辣辣的艳

至今我还不明 B 是什么
静久了，饿了
会走来喝汤的白石雕像

凡事细心，虔诚
一派中古风情，W
抵押给现代的悠悠人质

近月以来，H 勤奋
顾盼生姿，不知何故
心情太好是不好的

谅必在寂寞
只能由 E 去寂寞
我已寂寞过了

1988

俄国纪事

I

普希金逝世百年祭
我十岁，十一岁
知道这辈子要
不停地去喜欢他那
有颊髭的自画像了

II

颂赞新鲜蔷薇的
屠格涅夫在法国
天才地置一幢别墅
他那大胡子老友

吃亏就在缺这项天才

Ⅲ

退离舞会
兀立冷风中
马车还没来
我是在借火点烟时
认识莱蒙托夫的

Ⅳ

算叶赛宁最漂亮
爱田园，爱革命
更爱他本人
自恋原也不坏
他犯了自恋的情杀案

1987

夜宿伯莱特公爵府邸有感

那年春天

我在公爵家宾房的床上清早苏醒

仆人悄步趋近

——请问阁下，要喝茶，还是咖啡

茶

——哈布莱，阿萨姆

阿萨姆

——加牛奶，奶油，果汁

牛奶

——要查尔森种，哈萨种，还是新西兰查尔森的

不，哈萨吧

我记得那年春天在公爵家

早上喝了一杯不称心的茶

那杯子精致得未免太粗俗

1987

致 H. 海涅

恩是动荡的

雠也在动荡

爱情之船

满甲板俊逦水手

从来没有罗盘

没有船长

一天无名的星象

哦，当你执着罗盘

抬头善观星象

俨然是位英明船长

那时，那时

你已不在爱情的船上

1988

参徐照句

与君初遇识

便欲肺腑倾

只拟君肺腑

一我相似生

徘徊几言笑

始悟非实真

余情不可收

悔思泪沾襟

1988

妾薄命

南宋徐照

初与君相知

便欲肺肠倾

只拟君肺肠

与妾相似生

徘徊几言笑

始悟非真情

妾情不可收

悔思泪盈盈

点

夏日林中

那雀子

叫得剧烈

出了大事似的

午后

一匹奇异的鸟

在叶丛狂吠

是什么大事临头

没什么

没事

它已飞去

寂静成为谬误

1987

中古一景

这城堡

那城堡

王公贵族每月大搬家

换换空气，换换情调

另外的原因

说来不妙

几百男女

昼夜宴乐

数名婢仆怎及清除

一个月下来

臭了，蛆了

只好骑马登车而去

1987

无鱼之奠

那么古昔的爱琴海

也平静，如微风之湖

抑当初犹醒，而今眠去

过时的祥瑞总是褴褛

亚历山大小镇接邻土耳其

诸神仳离，诸神夭亡

唯海鲜馆游人如织

其貌不扬的侍者惺忪地说

来个牛油龙虾吧

鱼卖完了（是，完了）

1988

咖啡 评 传

摩卡

阿拉伯产

王者相

酸，奇浓

乞力马扎罗

坦桑尼亚来

香而酸

兼摩卡、哥伦比亚之妙

蓝山

出西印度牙买加

涵甜

珠圆兮玉润

可拿

夏威夷提供

亦酸

野性似危地马拉

哥伦比亚

南美神品

甘，成熟

若须眉之郁勃

曼特宁

印尼货

苦

滑如缎抚

哥斯达黎加

中美洲之珍

略酸，雅

宜作配角

萨尔瓦多
中美洲

高地产尤佳

善与别类融洽

墨西哥
古国遗泽

醇，芳

烈日，风急天高

（余志茶

时就咖啡

独钟清清

散情于郁郁）

1988

爱斯基摩蒙难记

爱斯基摩妇女们
手执木棍
把住处的风赶出去

男人举枪
射杀风
邪鬼恶灵是乘风而来的

快快逃离爱斯基摩
自知什么都不像
平生就只像风

1988

致霍拉旭

霍拉旭呵

床笫间的事物

不只是哲学家所梦想得到的那一些

1989

旷野一棵树

渐老

渐如枯枝

晴空下

杈桠纤繁成晕

后面蓝天

其实就是死

晴着

蓝着

枯枝才清晰

远望迷迷濛濛

灰而起紫晕

一棵

冬之树

别的树上有鸟巢

黄丝带，断线风筝

我

没有

1989

某次夜谭的末了几句

是呀

福克纳先生

何必呢

何必一定要

使白菜欢天

萝卜喜地呢

1989

中古构图

那时候

渡船

是中立地带

仇家厮杀

到船上

就得住手

被追者

站在船首

追者

站在船尾

船主居间

监视

(简直像

为了构图)

桥

也是神圣的

禁止桥上格斗

1989

夏　误

马赛

炎热郊区

年轻人

漫步

越想越觉得

自己

是个天才

郊区

炎热

悠曼汽笛

愚蠢的港口

后来

理发店了

红白蓝

旋转

汗

苍蝇

马赛

完全不该

在马赛

1989

阿里山之夜

我能唤出
寂静的乳名

却又无言
因恐惊逸寂静

1948

恋　史

木屋
夜而爱
而狂

风
涛声
酣眠

早茶
午餐
晚酒

鸥鸣不已
云飘移

呵欠

某翌晨
悄悄
一个走了

傍晚
另一个
随浪而去

几年后
背包
沙滩徘徊

没木屋
这里
是的

海风冷

无益

回

纤月

夜复夜

圆月

1987

古拉格轶事

苍白的

欧洲二月天

波罗的海

突出的

狭窄阵地

我军

包围德军

抑被

德军包围

各方意见不一

某日

我

被逮捕了

司令官传我

入指挥部

要我缴出枪械

那角落的

扈从随员中

窜出两个人

四只手一齐

抓我帽徽

肩带腰带

地图箧

同时

歌剧似的喊道

你被逮捕了

1988

骰子论

宇宙
合理庄严
均衡伟美

因为
上帝
不掷骰子

上帝
即骰子
它被掷了

1987

科隆之惊

西方式微兮

犹可比谁衰落得慢

慢得有模有样

（东方堕落

堕落没有什么好比）

漫游南北欧

置身于这个慢度中

客席幽灵总是暗笑

歌剧院的吸烟室

奶酪的霉隙

灯芯绒的细埂间

吃吃暗笑不止

品赏这个随处可见的

公共隐私，慢度哪

（赛似某布拉格男子

尤喜逆论之种种轻）

昨晚行近科隆

大教堂濒洞发难

全城钟声浩汗齐鸣

痛揭了公共的

讳莫如深的亘古隐私

所幸者，已不再殷勤

都灵街头见人鞭挞骏马

不再抱住马颈哭了

1989

HAROLD Ⅱ

总是这样的

罗马并非整个儿罗马

西班牙多半不西班牙

也总归是这样的

阳光慷慨无度

天空蓝得忘其所以

红酒廉价而毋伤自尊

坐一会儿，躺一会儿

谦谦的步履走出大片傲慢来

证明人不是机器

在卡达隆尼亚，尤其巴塞罗那

售货员、侍应生、银行职员

忙忙碌碌不舍昼夜

他们工作得才气横溢

唯南部安达路西亚差堪淹留

橄榄树橄榄树橄榄橄榄树

斗牛场上还有个谱儿有个款儿

佛莱明哥舞，那要看谁跳

激情是一项天才，怎会招之即来

你得到的是白墙反耀日光

盆花列挂在檐口窗畔

阳台皆花，中庭皆花

有花就有绉边的裙

有裙就有六弦琴

缠绵无过于懒汉的孜孜勾引

爱是爱的，不欲太费心

世纪末无烟工业的征候群

平民得志匆匆行乐的苟且行径

凡矜贵的，普遭亵渎了

剩下斗牛的图案，唐吉诃德的图案

文化更年期的怔忡眼神

火车上，西班牙人将垃圾抛出窗外

法国人劝阻，西班牙人反唇相告

教导法国人怎样扔垃圾

才不致被疾风刮转来

喀麦隆的留学生抱怨假日多

花了学费实在有点冤

假日一经法定就不会取消

当三百六十五个排满

举世皆哈罗尔德了

人间该有一处西班牙那样的地方

天然放浪，散漫若有神助

响板、大裙、吉他、红酒

男多嘴女饶舌，打鼓似的卷抖音

谁家的佐酒零食味道好，门口就排长龙

西班牙人妙就妙在有这点小心眼儿

哈罗尔德重来徜徉，迟迟不去

历史，可不是男子汉的决斗年表吗

阳光慷慨，吉他缠绵，红酒低廉

醉意浓时哈罗尔德说

男子汉的小心眼儿竞赛，便是历史

1990

春 舲

迎面风来

耳朵嗡嗡响

秧田淌满清水

远杨柳

晕着淡绿粉

近的丝条垂下

发鹅黄的光

从没见过似的

母亲，姐姐

今年有姑妈

自己出汗的手

都新，软

檀香皂的气味

那么一大片

听话的紫云英

又一片接过去

母亲在说

去的时候

春不作兴的

回来，随便吃

谁偷酒偷果子了

橹声像奶娘

油菜花黄呀

比紫云英凶

土地庙，火柴匣

不是望去小

到近了也小

过桥洞，莫作声

水底下还有桥

听到人声它要浮上来

阿九每次都关照

阿九摇橹

小宝撑篙

又咳又笑

说了河岸上

拎包的女人

讨挨骂

没骂

船两边晃

大家都晃

朱漆条箱肃静

祭祖的三牲

糕团水果

端端正正排着

光裸的鸡

强硬和善地跪着

姑妈绣鞋

黑缎一枝梅

表哥不是不想来

他家也上坟

二表哥最火灼灼

乌眉往下压

眼顶上去

说话嘴不动

他坏

对别人坏

这些事许多

不告诉姐姐

早上嫌旗袍紧

换裙袄

常穿背带工装裤

阴丹士林布

她总是蓝

蓝边瓷盘中

鱼身上

盖着葱，笋丝

很舒服的样子

春假三天

连星期日四天

两天去了

马夫赌咒说

明朝一定

一定产驹子

1987

还值一个弥撒吗

我是世俗的

狼奔般脱越

笑语喧腾的修道院

挨在这里，细雨

鸦雀无声的凯旋门下

剔除烟斗的积垢

说老未老，说俊不俊

嘉年华如数告罄

巴黎现在也

穷得喜欢摆阔了

公社一百春秋祭

面对死者，生者只可素静

旅游气，什么都旅游气

埃菲尔的外孙买了尊小铁塔

噫，这个巴黎

再惫赖，离十九世纪近

别处更远更薄幸

从前的人，多认真

认真勾引，认真失身

峰回路转地颓废

塞纳河那边，那扇窗

居斯达夫·福楼拜家的灯

即使亮到现在

这笔电费我也付得起

波兰娇客琴罢一瞥

手套账单，马车开销

喉头感到干渴

开司米披巾确实奇贵

样样都弄得触目惊心

上个世纪的人什么都故意

自己真像浑然无知

巴黎精灵全靠这点神秘

人是神秘一点才有滋味

世俗如我，暗里

明白得尚算早的

无奈事已阑珊

宝藏的门开着

可知宝已散尽

1990

夜晚的臣妾

世界的记忆

臣妾般扈拥在

书桌四周

乱人心意的夜晚呵

1990

论鱼子酱

礼物太精美

受礼者不配

千元美金

买十四盎司鱼子酱

街头喂鸽群

绝笔的心情

日日写诗

再无什么可悦

悦温带

而春而夏而秋而冬

何其壮丽的

最后的审判

最后会来，审判不来

何其寒伧的

没有审判的最后

1990

中 古 对 话

骑士呵

你凭青壮

换取薪金

分不到领地

一无产业

老了

何以为生

诗人呀

我们

孬的去农商

当佣兵，卖命

出色的

请看

都进了绿林

1990

老　桥

Pontevedra

这里有

另一种时间

六百岁的石城

整饬　　清净

每隔几条街

小广场

四周石屋

静

喷泉

石雕大十架

顶端站着天使

或愁容圣者

非洲人

阿拉伯人

地毯　皮件

石板铺成的窄街

卖和买

都懒洋洋

漫不经心地认真

黑衣矮胖妇

蓝裙胖矮妇

加里西亚方言

听之若葡萄牙语

五百年前

加里西亚人说的

就是葡萄牙语

螃蟹　梭形蟹

虾　虾蛄

穿制服的贩子

提起一只蟹

大如足球

往我怀里塞

忆昔我来时

满目渔夫水手

商贾探险家

多热闹的港口

我酗酒　逞能

入夜恋爱

晨醒纵欲

赌输了

逃遁

从此河口泥沙淤塞

Pontevedra 式微了

我须发虬结

背负行囊

十八世纪以前

何止一次

走过这圆拱的老桥

挽着我致命相爱的情人

1990

醉　史

殖民时代
美国人栽苹果树
为的是酿酒

新英格兰
四十户人家的村落
每年酷造三千桶苹果酒

不知是谁说的
水有害健康
乞丐才喝水

那时
整个美国成天醉醺醺

儿童也不例外
猫和狗都饮酒
火车也饮酒
反正它有轨道哪

1990

在 波 恩

如果在波恩

在斯特拉斯堡

美酒佳肴之后

人背靠定椅背上

双腕轻搁桌沿

宴会到了这种时候

有的要虐待梨核

有的用拇指食指捻面包芯

谈情说爱的几个

以果子的残骸拼凑字母

吝啬之徒数点吃剩的果核

——排列在盆边

像剧作家把龙套角色

置于舞台深处

疲倦，从我褴褛的心中

泱泱而出的金色的疲倦

这些人的发顶指尖都淹没了

波恩，斯特拉斯堡

疯狂大教堂，次第淹没

1990

纸骑士

喜欢铜管乐队

安那其原理

牛仔裤

与夫

艳阳薰风中的

旧货市场

中古地图

威尼斯幽巷

麝香之腋汗

涨满欲念的双股

那夜晚

接连三次一见钟情

1990

肉体是一部圣经

你是，啊，一架

稀世珍贵的金琴

无数美妙的乐曲

弹奏过，我曾

你如花的青春

我似水的柔情

我俩合而为神

生活是一种飞行

四季是爱的衬景

肉体是一部圣经

二十年后我回来了

仍然是一见倾心

往昔的乐曲又起清音

曲罢你踏上归家的路程

你又成了饭桌

成了床铺，成了矮凳

谁也不知那倚着的

躺着的，坐着的

是一架稀世珍贵的金琴

全家时时抱怨还不如四邻

久等你再度光临

这是你从前爱喝的酒

爱吃的鱼，爱对的灯

这是波斯的鞋，希腊的枕

这是你贪得无厌的姿式

灵魂的雪崩，乐极的吞声

圣经虽已蔫黄

随处有我的钤印

切齿痛恨而

切肤痛惜的才是情人

1993

风筝们

那些个

年轻时分

信誓旦旦

后来

兜底出卖了我的

才貌双全的叛徒哟

今夜

我真想说

即使尔曹一路忠贞

也早已为我所抛弃

1994

二

辑

一些波斯诗

阿皮尔·卡尔

(Abil Khayer)

先生，如果我喝醉了，如果我
耽于酒和爱的混沌处，请勿见责
当我与敌人对坐，我是清醒的
我忘怀自己时，是和朋友在一起

我说，你的美究竟属于谁
他说，只有我一个存在，故属于我
爱者，被爱者，爱，都是一个
美，镜子，眼睛也都是一个，就是我

峨默·伽亚摩

(Umar Khaygãm)

树荫下，一壶酒
一块面包，一卷诗
你倚偎着我歌唱
荒野就是天国了

有人委身于块块金币
有人将金币挥霍如雨
他们，被埋葬又掘起
都成了黄黄的烂泥

当我年轻的时候
也曾叩访过博士和圣贤
恭聆有关人生的伟大争辩
出来的门与进去的同是一扇

某日黄昏，我在市场逶巡

看见陶匠起劲捶塑泥人
那不成形的嘴巴似有呜咽
轻点，兄弟，慢点呀，请您

你可知道，我的好友
房中的婚宴拖得如此之久
我急于将瘠老的理性自床边赶走
好把葡萄的女儿入怀紧搂

这个老大的覆碗我们称之为天空
我们匍匐其下，直到销蚀无踪
莫要伸手向它求助，莫要
它滚动，与你我一样无所适从

鲁　米
(Rumi)

啊，我不知道自己，如何是好
我不拜十架，不拜新月

家不在海中，不在陆上

我不与天使为伴不与魔鬼为邻

我的身体不是尘土和水造的

我不生于中国不生于赛辛，保尔加尔

我不长于印度也不长于伊拉，柯拉桑

我不从伊甸园掉落，也非亚当苗裔

啊，尽端之外，有路影的太空

我飞越灵魂和肉体，活泼泼地

住在我所爱的那人的心中

哈 菲 兹

(Hafiz)

拿酒来

酒染我的长袍

我为爱而醉

人却称我为智者

宴会终，夜已深
酒店的门大开了
众人低头走出去
与外面的什么相遇呢

欢迎啊，青鸟
有什么消息
好友在哪里
去找他的路怎样走

　　缅怀中古波斯的文学黄金期，述录一己少年时成诵的诗，记忆未必忠实于我我更未必忠实于原作，迁讪致罪，诗国法庭涉讼，华美的被告席是我所乐于站一站的，远远望去，朱鬃的栏杆上飘着纸条：油漆未干。

金发·佛罗伦萨人

从拉文纳到威尼斯

约三天行程

一边跋山涉水

一边运筹划策

对手阴险，毒辣

唯利是图别无所知

算来只能让步了

换取和平以缩小牺牲

到得威尼斯

哪有心情泛舟

谈判刻不容缓

讨价还价，休会，等待

照例是频繁的外交活动

烦躁

神思恍惚

种种幻想纠缠

人坐在会议厅的椅上

疟疾，体温升高

试图像过去那样，用智慧

克敌制胜，完成使命

这次就再也无能为力了么

吁，回佛罗伦萨有多美

早已毫无指望

高烧中挨过一夜

揩干周身的腻汗

启程归返

驶越马拉莫科港、贝勒特里港

船颠簸

狭长的陆地可爱如伊甸园

又仿佛一片荒冢圮茔

远处，帆影点点

基奥贾的渔业

到基奥贾不得不改乘马匹
心力交瘁
要多么强的意志才能支撑
怀旧的情思使人绵软
此次却只许纯刚

投宿洛莱奥

热度不退

冷汗淋漓

虚脱

翌日渡河

木筏上有人也有牲畜

夕阳西下时终于望见

蓬波萨修道院

钟楼的瓷砖陶瓦多璀璨呵

教堂的窗棂栏杆分外雅致

不受瘴岚侵袭

开垦了菜园，种植树木

将寺院笼在绿荫中

周围沼泽

雷雨季节的九月份

禽类产卵孵化，遍地碎蛋壳

蚊蚋聚阵，嗡嗡如一支大军

经过盛产鳗鱼的科马里奥

拉文纳的松林显出来了

还得走一天

才能见到盖玛，我的良伴

彼得，雅谷柏，我的孩子

女儿贝亚德

秋山黛绿

松涛汹涌

溪水明澈急湍

空气中充满松脂的清香

全然记不起自己是怎样回来的

平卧着，家人围在床边

房内寂静

外面有探望者窃窃私语

是什么正在临近

和平正在临近

佛罗伦萨啊

离家最近的圣马丁小教堂

圣彼得·斯盖拉焦教堂

侧廊的投影

明月当空的小巷

认出了匆匆赶来的方济各会修士

说定，葬在教堂后院

依稀是基独·诺弗罗

公证人，学生们娇嫩的脸

过去，过去，一阵阵过去

任何敌人和对手都不复存在

亚诺河呀，到达佛罗伦萨之前

多少曲折的流程

还得把《天堂》的最后几篇

寄去，寄给康格朗

安然，安然

一切安然

黑党白党，远在天边

贝亚德上前整理衾枕

人们从未见过如此安详的面容

焕发着青春的神圣光彩

十四日至十五日

九月，一三二一年

本篇即用 *BIONDO ERA E BELLO*

第 26 章，著者 Mario Tobino。

雨后兰波
一次庞德式的迻译

洪水之后

I

洪水的观念渐渐淡薄

一只兔子在驴食草和铃铛花之间停步
站起来，从蜘网下仰对长虹祈祷

宝石隐没了
花朵却张目环眺

污秽的街上

摊头纷纷摆开

有人对版画上的海船开枪

在蓝胡子家，鲜血直流

在屠宰场，马戏团

血注涌，奶水倾泻

海狸筑巢

北方小咖啡馆

热辣辣的玛札格朗香气四溢

邸宅雾霭缭绕

许多玻璃窗开着

丧服的稚子凝视不可解的遗像

小镇广场

一个孩童挥舞双臂

雷电交作

钟塔上的风信鸡旋转不停

某夫人在阿尔卑斯山上放一架大钢琴
教堂十万座祭坛前弥撒和初领圣体仪式
进行着

沙漠商队拔营而去
在白冰与黑夜之间
辉煌大厦破土升起
之后，月神听到沙漠上豺狼长嗥
果园中踏着木屐唱嘶嘎的牧歌
紫色乔木林，抽芽苗长
神明宣告，春已降临

池水幽咽无声
浊浪淹没林地
黑毯和管风琴
来吧，洪水来吧

因为自从洪水退去之后
宝石深埋，百花盛开

还有女巫在土钵里吹燃红炭

彼之所知，我所无知

她是再也不愿说给我们听了

II

是她，死去的女孩

伫立蔷薇丛后

亡母款款步下石阶

表弟的四轮马车

小弟（他在印度）

在石竹花灿烂处

面对夕阳

墓地，紫罗兰

这家的老一辈早已入土

将军府邸四周黄叶堆积

这是南方

沿着红土大道匆匆而行

赶到，竟是一家空空的废旅馆

城堡等待出售

百叶窗凋败零落

神父把教堂锁了

带着钥匙一去不返

花园的卫舍无人影

围墙这么高

但闻树梢萧萧

其实也没有什么可看的

草坡这样延伸到小镇上

雄鸡没了

铁砧不见，也没了

河上的闸门空吊着

啊，沙漠，灾劫

磨坊，岛屿，草垛

中邪的花喃喃

倾圮的山坡催人入眠

奇丽的兽逡巡相逐

归于灼热之泪的那种永恒

造成海涛汹涌

云气郁勃，壁立如山

层层腾高，阵阵远去

Ⅲ

予也圣徒

祈祷于高台

若驯良小兽

啮草

直啮到海滩

予也学士

端坐于靠椅

屋顶柯枝交错

阴雨

连朝潇淅

予也大道之行者

水声淹没履声

西岸日落

一片

浣衣的皂沫

予也弃子

被抛于涯涘长堤

哀哀贱奴

匍匐

抬头额触苍天

IV

我的墓穴

士敏土砌的

刷上白垩

于洼地深处

竖肘支颐

灯光照着报纸

真蠢

我把它一读再读

在我头上

狰狞的大都会

烟雾弥漫不散

泥浆红红的

在我墓穴周围

是下水道，四面八方

哦，地球的厚度

除此别无所有

愁苦不时袭来

我想玩玩蓝宝石色的金属球

寂静空洞由我主宰

拱顶的气窗又露微明

古　意

婉娈呵，牧神之子

花冠覆额

阴影下双眸耀如宝珠

颧颊沾染棕粉，清峻似削

你的贝齿闪着幽光

你的胸像一架齐特拉琴

有什么声音，和谐啊

从你臂弯间流出

看得见你的心在怦怦弹动

小腹中雌雄两性沉眠未醒

夜来，就轻摇这条右腿

还有左边的同样金茸毛的长腿

人　生

我是一个发明家

我的功绩大异于先辈

就算是位音乐家吧

我的出现也不只是爱的秘密

到如今，天时地利都失尽

绅士落魄，前尘如梦

想当年凭一双泥靴走去学手艺

还几度成为文苑法庭上的被告者

鳏居五六次，婚娶三四次

纵若此，我也没有妥协的襟怀

我有我幽僻的欢乐

说起来也不曾懊悔

我呀，一个极坏的怀疑主义者

就只是以后不再暴露我的怀疑了

我等待，到那天

变成一个万恶淋漓的疯子

出　行

够了，色相在空中处处遇合，交媾
够了，城市喧嚣，黄昏，卓午，直到永远
够多了，生命停滞，崩断
新的情爱的音乐响起，再度出行

王　权

晓色晴美
有一男一女，状貌清俊
在广场上高叫
公民们，我愿她成为皇后
我要作女皇
她笑，颤抖，他颤抖，也笑
双双倒地不起
事实：这天上午，他俩就是皇帝，皇后
这天上午，家家屋前挂出鲜艳旗子
猩红的丝幔

这天上午一男一女沿着棕榈大道

威严地向前走去

桥

灰水晶天空

桥与桥结形

长直的桥

拱顶桥

与桥相连的折角斜桥

在河的亮流中交错

两岸一座座圆顶教堂下沉了

这许多桥

竖着信号柱

没有信号标帜

清婉的管音吹起

弦声从陡峭的河岸飘来

仿佛有红裳闪过
也许是乐器在移动
粼粼蓝灰波纹
宽阔得像荡漾的海湾

一道白光劈空而下
全体消失，颜色和声音

轮　迹

夏日黎明
庭园右隅的绿荫
雾，声音
左坡潮湿的大路
紫影幢幢，轮迹无数

真的，大车载着木雕金漆的异兽
桅杆挂起五彩帆布
由花斑马拉着疾驰

娈童和莽汉骑坐二十辆大车

旌旗招展，花叶纷披

那种故事里常讲的四轮的富丽马车

还有乌云般的华盖，下有棺材

由许多匹蓝色的牝马牵运

飞快驶入黑夜的帷幕中

黎　　明

拥抱夏天的黎明，我

宫殿，一切静止

树斫倒了，荫影留驻不去

我喘息着走过

宝石们向我眨眼，鸟翼无声掠飞

小径已布满苍苔

这里第一件大事是花说出了它的名字

我对金发的 Wasserfall 笑

她在河岸上像乞丐一样地逃了

大路高处，月桂小林边

我抓住面纱把她紧紧拥抱

约略感到她胴体硕大

黎明和孩子一起跌倒在树下

醒来时已正午

花　卉

冉冉丝带

灰莹莹轻纱

碧绿天鹅绒

青铜圆盘盛着阳光

我在金阶上俯眺

只见那株迪吉塔尔

银线，清眸，秀鬒

交织成地毯

玛瑙镶嵌的斗拱
桃花心木雕柱
支撑起翡翠穹隆
雪一般的缎匹
红宝石琢出倚栏
围立在花蕊形的喷泉边

如神目大张
海天一色间
绽放无数刚健的玫瑰

通俗小夜曲

风来兮，如大歌剧喧哗的裂口
吹得朽蚀的屋顶乱转
吹散了家庭的界限

踏着石雕怪兽的喷水口

顺常春藤而下

我登上一驾四轮马车

凸面的玻璃窗

紧蒙皮革的厢壁

翘翘的软座

标明马车属于什么朝代

我长眠其中的灵柩呵

我这类愚蠢的牧人的阴宅呵

在无形的大路上掉头拐弯

窗上有淡月舒缓变形

木叶森森，横峰侧岭

黛绿玄靛回荡流奔

风来兮

吹散了家庭的界限

冬天的节日

轻歌剧中的小茅舍
瀑布溅溅
悬灯果木林
小溪蜿蜒流过

暮色红绿缤纷
贺拉斯的水仙
梳上第一帝国时代的发式
布歇画的西伯利亚环舞
中国环舞

大 都 会

奥西昂
蔚蓝海岬
红酒似的天空
漂洗桃色兼橙色的沙滩

花岗石大道

淫乱的穷小子住在路边

吃蔬菜水果商扔掉的食物

天空扭曲，延伸，坍落

浓雾，黑烟

只有服丧的海洋才这样

头盔，车轮，小艇，马匹

从沥青的沙漠上，溃不成军

抬头望，拱形木桥

撒马利亚最后的菜园

长夜寒风吹灯

尽是涂彩的假面具

河岸飘过黄裙的小水仙

豌豆圃中闪光的骷髅

那种叫"心和妹妹"的残忍花卉

Damas damnant de langueur

就是外莱因地区，日本

拉瓜尼神仙故事中的贵人属郡

只有他们还能接受古代音乐

还剩些小旅店永远不开的门

剩些王妃，公主

如果不觉得太吃力

还可研究星象学

对付茫茫天宇

野　　蛮

经过多少日子，季节

尚有无数的人，国

血肉模糊的旗竖在绸缎般的海面

竖在北极的繁花丛中

别炫耀迂腐的英雄主义

它还撞着我们的脑和心

避开，越远越好

那亘古就有的瞬间谋杀

啊，血肉模糊的旗竖在绸缎般的海面

甜的镇定
烈焰洒下阵阵冰雹
澄澈
和平
我们的心为我们在尘世炭化为永恒
我们的心抛掷金刚钻

啊，世界
至今还听到古老的欲火的爆裂

洁白浪花，音乐，星云旋转，冰山撞击
啊，镇定，世界，音乐
尚有形式，汗液，长发，俊眼
乳色的泪，啊，和平，甘洌
火山深底北极洞窟的女妖絮语

旗……

青春　二十岁

废除一切格言

肉体的变质真可悲

Adogio

啊，青春有说不尽的利己主义

勤勉，好学，乐观

今年夏季，世界怎么会有这许多花

曲体和曲式都快死了

合唱，失魂落魄

神经老是打滑打滑

组不成一支夜旋律

青春　Ⅱ

沉湎于 Adogio 之诱惑你依然如故

浓缩的嬉戏是你所热中

幼稚，傲慢，邪僻，沮丧，消沉，恐惧

有些苦事你总得去做
完美和谐的建筑学可能性在你四周盘桓
许多奇异的未尝见过的故实将是你的经验

畴昔的闲散，无为的奢华
也可以成为你的贴身记忆
你的记忆一旦化出感觉便起了造物的冲动

世界么
假如你离去，远远离去
今日之外观都将荡然无存

历史的黄昏

譬如吧
有一天黄昏
心地纯朴的流浪者

从我侪所处的经济恐慌中抽身而出

以大师之手

将那管风琴奏得兴高采烈

如茵芳草上的管风琴

池塘深底的玩牌戏

圣母，戴面纱的修女

还有一位和谐之子

还有夕阳

唯传说才可能的诡谲云霞

猎人和马队呼啸而过

黄昏颤栗不已

露天舞台上

剧情一滴一滴，滴下来

穷人和弱者，困惑于

愚蠢的七个层次间

德意志按照自身的见识

筑起通向月球的木梯

鞑靼人将沙漠焕发虹彩

古代的叛乱位于华夏中心

凭借凤墀和龙椅

一个小心的平庸的世界成立了

此乃阿非利加和欧罗巴是也

之后，一场海洋和黑夜的可知的芭蕾

还有无价值的化学

崩溃的旋律

不论在哪里

邮车能带给我的

全是布尔乔亚的妖术

人的这种氛围

连最蹩脚的药剂师也认为不堪忍受

这种物质的肉体的瘴气

想一想，就一阵剧痛

不，不

窒热的气候，海洋干涸

大地窜涌，行星撞击

这一切究竟何时发生

圣经和命运女神都讳莫如深

哦哦

真没有留下什么后果

H

任何奇形怪状皆有悖于 Hortense 的残忍气度

孤独是性欲的机制

慵懒是情爱的活力

在童年的监护下

她是有史以来众多类族所盛赞的卫生之道

大门向灾难开

道德宣告解体，恣肆成其行为

哎，鲜血满地

煤气灯照着

不熟练的贪欢阵阵颤栗

去找，找 Hortense 去

守 护 神

他是恋情

他是今天

他把房门开向

雨雪淋漓的严冬

火焰喧豗的酷暑

他吞食并净化酒和肴浆

他是情好

他是未来，力，爱

兀兀于怒气和愁思中

漫天风暴，倒偃的旗

他是度量

他是节奏

他是不可逆料的理

他永恒，受人推戴

其姿质若命运定夺之机械

他的特许，我们的礼让

他，他迷，他贪生命而痴眷我们

我们呼唤，他远引天陲

他嘘气成云

他有无数好头颅

他自决航程

形骸与举动之完美

完美有不可思议之速率

新暴力，俊爽闲雅之溃疡

啊，他和我们，轻狂

此失去已久的仁慈更宽宏的桀骜不驯

人世哪，无前例的灾劫，晕眩之歌唱

他认识我们所有的人，因为他爱

冬夜，从海岬到海岬，汹涌以袭城堡

从这些方位视角到那些方位视角

气尽力竭，吆之，眺之，送之

潜于潮浪下，仆于雪原上

群起而追捕他的眼

他的息，他的肉，他的命

1991

三

辑

思　绝

小屋如舟衾似沙

灵芝劫尽枕芦花

杜宇声声归何处

群玉山头第一家

1956

论白夜

很想

以身试白夜

它使人沮丧

也能使我沮丧么

时钟滴答

灯烛明煌

我旁若无白夜

过我的贴身狂欢节

谁愿手拉手

向白夜走

谁就是我的情人

纯洁美丽的坏人

1991

论 绝 望

裘马轻狂的绝望

总比筚路蓝缕的绝望好

1992

旗　语

有人蓄意将四月列入最残忍的季节

而五月曾是我欲望帝国连朝大酺的宴庆

情窦初开五月已许我以惨澹的艳遇

随后更不怕恩上加恩就像要煮熟我的肉体

我禀性健忘任凭神明的记忆佑护我记忆

以致铭刻的都是诡谲的篆文须用手指抚认

这样才有一幢阴郁旧楼坐落在江滨铁桥边

江水混浊帆影出没骀荡长风腥臭而有力

吹送往事远达童年总是被我怨怼阻止

有什么少艾呢我憎恶少艾捐天贞为时太迟

静候在门后楼梯的每一级都替我悄然屏息

雕花木扶栏上的积灰会污了潮润的手指

不及看清你已入门我一一褫尽你的衣衫

全裸喘息酥融呷唔金银蛇也似的缠紧了

肩上有阳光唇上有尘土腰背有汗和阵阵弹力

说荷兰全是郁金香你却像步行而来的摩尔人

你又是加橄榄油炒了吃的软刺的仙人掌

江上的轮船汽笛长鸣悠曼宛如你过后方知

港口泊满各国舸艋飘扬五色小旗说的是什么

不解旗语我们只道风吹猎猎一起为了美丽

江海关的钟声应知情欲是免税的全球通行的

大都会颠顸辊动我们灵巧掀腾浃骨沦髓

美人鱼和半人马的上身怎抵得过我俩的下肢

五月之槐之杨之柳明年不再绿了似的尽兴绿

万叶都像上釉发亮你的皮肤也是五月的贡品

三月的筋骨四月的韧带全体肌肉快六月了

多风浪的你胸脯是只淹毙一个泳者的小海小小海

你是我的私家海独立海大街上涌来涌去的算什么

去看看夏季的鞋吧那种几乎把脚全露出来的鞋

网眼白衫最配你故意晒黑了以称我心意的肤色

吸完这支烟谁又得受尽凌迟鼻尖舌尖都凉矣

烟薄荷味须火药味我是门户上方红漆的公羊头

第一次你多么慌张我说草垛间的假的那一次

真的一次分明什么都崩溃了犹如酒窖的坍塌

晨醒并不乏呀朝阳射在你小腹上的群群瞬间

廿五分钟的云蒸霞蔚追胜于彻夜的风狂雨骤

我们以舞蹈家的步姿在清亮的大气中越陌渡阡

麦浪起伏芒丝时而疏白时而密黄阵阵铺向天沿

云雀飞着叫着叫着飞着从半空敛翅直跌下来

五月的乡村只要晴朗便是卉木共贺的情侣佳节

坐车觉得车在云中驰乘船像是船在镜面滑行

你是乳你是酪是酥是醍醐是饱餐后猛烈的饥饿

在著名的殖民地街上买蓝条衬衫阔的狭的都要

帆布软底鞋捷克的玻璃壶四个同是茶褐色的杯

从此我们见一次面媾一次婚午夜沙滩雨中墓地

命运注定要啮要舐要挼要吞要幽禁要入狱服刑

我始终听从五月的荒谬启示性为贵而情爱随之

在你如蒜如麝如桉叶如蓼菱的体香中我睡得安稳

我变为野蛾扑火飞蝗掠稻那样放纵贪婪可是真的

想起你尽想起奶晕脐穴腋丝阜茸手指脚趾

粉桃郁李你属于郁李的一类别以为我混淆了特性

经得起抚弄的爱之尤物惯受我折腾的良善精灵呀

何必追逋往事我们酷似每年的五月一绿全绿
江滨旧楼仍在木栏雕花的积灰仍在三盏灯仍在
水上的汽笛风里的钟声我像三桅大帆般地靠岸了
飘飘旗语只有你看得懂仍是从前的那句血腥傻话
无论蓬户荆扉都将因你的倚闾而成为我的凯旋门

1992

帝俄的七月

石头，木房，铁皮屋顶
一夜后没有凉却
起风也只刮来热浪
尘土，恶臭的油漆味

稀疏几个行人
拣着街屋的投影走
晒得乌黑的修路农民
把砾块砸入发烫的沙地中

警察脸色阴沉
未经漂过的白制服
黄绳系手枪，站着
不时替换两只脚

公共马车响铃铛

朝阳的一面挂窗帘

马戴布头罩

留两个缺口矗出耳朵

流刑犯长长的队伍

剃尽头发，薄饼般的帽子

铁镣，举步艰难

一手扶背包一手甩来甩去

1992

冬旅新英格兰

湖水是我的保姆
她的围裙是绉边的

野鸭游过来说
住在纽约就是错

我说我怕感冒
野鸭说感冒不怕你吗

她的围裙是绉边的
湖水是我的保姆

1992

湖 畔 诗 人

烛光

湖水

草尖上的天

马嘶

野烧的烟味

这是我呀

都被分散了的

一焰我

一粼我

一片我

一阵我

一缕我

散得不成我

无法安葬了

1992

库兹明斯科一夜

空气燠暖，嫩桦叶散香

黑暗花园中磨坊水声潺潺

夜莺，另一只什么鸟也叫

远处几个窗户灯光全熄

圆月从谷仓后升上升上

天顶有闪电，照亮盛开繁花

园内卉木葱茏，正房是破败的

磨坊流水声，嘎嘎鹅鸣

鸡也啼，雷雨之夜常这样

乌云密集，闷雷辊动

风到这时候才狂吹起来

树叶阵阵呼号，一颗雨点

许多雨点打在牛蒡和铁皮屋顶上

1993

琴师和海鸥

铁路桥上
盲琴师买卜
一只箱
一只海鸥
它替他衔签书

我将手伸入衣袋
又改了主意
四周围满人
我停下来
摸出五兹罗提的纸币

对谁也不看
把钱给了盲琴师

海鸥闪电般

从箱底叨出纸片

我收下，若无其事

要提防朋友

签书这样说

当心穿堂风

签书还这样说

我为五兹罗提钞票惋惜

第二天起身

面浮肿

由于睡熟时着了风寒

引起骨膜炎

朋友呢，也从此不敢相信

1993

维斯瓦河边

冻结的暗蓝浅滩

沿岸冰凌堆叠起来

坐于圆木上，圆木湿漉漉

阳光照着逐渐干燥

席曼诺夫斯基练习曲

昨夜和玛丽亚共聆

知道，爱情已经结束

像块蛋糕，温度过高而焦了

波托茨克宫对面教堂旁边

工匠们在削击铺人行道的石板

铁凿的尖刀映着夕阳闪光

工头指点这个又帮一下那个

1993

达累斯萨拉姆海港

夜晚这样人们涌到大街上

走呀走呀像一只脚跟着一只脚

印度男子用肥胖来穿白色套服

花花绿绿妻姨女儿手牵着手

吸一点都为了夜晚的夜晚空气

海风阵阵吹，古而又老这地方

不说建筑我指的是这块地方

罗马人还未想到把伦敦造成伦敦

来来往往就有船舶许多了这里

呵海港，海港觉得我真好的海港

灯光从船上照下很亮的水面很大

可看见天黑后棕榈树过去棕榈树

有一种气味了——三年了那是

怪怪的郁郁的一种气味的夜的气味

三时凌晨要闻即使也闻得到它

子夜就如正午的家乡热的那样热

不久要我走了，乔赛亚走在之前

想又不想地我想对人以后我会说

乔赛亚同居过慢慢三年，三年强

达累斯萨拉姆第二年尤其的海港呀

闻了三年一种那说是说不明白的气味

1994

琥珀号
列车日记之一

车窗外景色逶迤如白练

初雪覆盖田野和小树林

波罗的海却下着暖洋洋的雨

再一百公里就是莫斯科了

1994

英　国

在乡野
圆月
耀眼地亮

月光下
草坡上的羊
稍稍靠拢着

我问
大雷雨，羊呢
都没回答

英国人爱马
我爱马也爱羊

绿茵上的白点点

昨晚大雷雨
四野闪电
想念李尔王

羊和李尔王
在雷雨中叫
叫了很久

丘陵横亘
苍翠宁静
无过，也宜思过

阴阴的天
橡树王国
壮志未酬似的景色

1994

布拉格

过查理士桥
布拉格城了
异样安详静穆
偶有水晶的清音
中古史于此凝噎
唯我缓步移越
我还不是历史
擘一点布拉格
捺入我的烟斗
与事无损的
布拉格之燃烧

1994

以云为名的孩子

四月四月想起你
时时路遇樱花

从前，每日樱花下
谈几句，就散

你嬲我一宵
闪避我七天

七天后，你
若无其事地泥上来

樱花盛开即谢
你的事，总这样

四十六年游去

你若记得，也不是爱

自己太俊

不在乎别人

偏偏是你的薄情

使我回味无尽

1994

论 悲 伤

我时常悲伤地
去做一件快乐的事

悲伤是重量
我怎样也轻不起来

雅典山头
大堆目眩神驰的悲伤

现代人，算了
引不起我半点悲伤

1994

论命运

神，人
皆受命运支配
古希腊知之
予亦知之
半个世纪以来
我急，命运不急
这是命运的脾气
而今，眼看命运急了
我，不急
这是我的脾气

1994

论 陶 瓷

愿得

陶一般的情人

愿有

瓷一般的友人

1994

论快乐

鸟，一生是快乐的
因为我觉得鸟的
一生是快乐的
那么我的一生也
有像鸟的时候
快乐过了，过了
我还会再快乐的
鸟也没有这样快乐的

1994

155

论幸福

屋外暴风雪
卧房，炉火糖粥

暴风雪，糖粥
因为一个我

所有的幸福
全是这样得来的

1994

论　物

迟暮襟怀

亦唯将对人的爱

移转为接物待物

日久愈明物之怡情

尤胜于人之恣欲

噫，诸物诚悫

除非它遭劫毁灭

毁灭的前一瞬间

它犹不动声色地扈从我

给它一个适当的位置

它便神采焕发

把它换到更恰如其分处

它越显得雍雍穆穆

仿佛要顿首再拜了

拂拭护恤我周围之诸物

是我迟暮的情爱生涯

园中树木扶疏花卉烂漫

乃区区之婚外艳史耳

谚曰："婚外多情人"

须知室内的家具、饰物

皆若有缔约盟誓然

举家恪守清贞烈操

但凡伧俗狼抗的阿物儿

驱之务尽而后快

嗟夫，盗有道兮物有心

秉盗道以入物心，已矣

物寿恒长乎人寿

予遗慈悲于物而不复及于人

1996

叶 绿 素

树叶到了秋天

知道敌不过寒冷风雪

便将绿素还给树身

飘然坠地，这些储存的绿素

是叶子的精魂

明年要用的绿的血液

1994

金色仳离

我喜欢

没有意义的事物

我的情人

就这样

不许有什么名称

来妨碍我俩的爱

明净仳离

就这样

记忆中的情人

仍然没有意义

和那些不具意义的

骄艳的事物在一起

1995

号 声

夕阳西下
兵营的号声

军号不悲凉
每闻心起悲凉

童年，背书包
放学回家的路上

夕阳斜照兵营
一只号吹着

二姐死后
家里没有人似的

老年，移民美国

电视中的夕阳，号声

号声仍然说

世上没有人似的

1995

莱 茵 河

童年的课本上读到

"父莱茵，母伏尔加"

感动得要翻船似的

噢，父性的莱茵河

发于瑞士，抵荷兰才出海

经过德国的是最好的一段

德国人沿着河岸两百里

修建了散步专用的便道

没有一幢房屋阻碍视线

日耳曼式的骄傲

"莱茵河是不卖的"

贝多芬老了，坐在河畔观落日

四重奏第二乐章玄之又玄

那是慢板，茫茫无着落的慈爱

1995

香　歌

香料用于盥洗是在十字军时代

远征到香料之邦伊斯兰国度

带回爱物献给朝思暮想的情妇

玫瑰香水洗手后用餐便是玫瑰人生

第一瓶酒精香水属匈牙利女王

西班牙终于赶走摩尔人扣留了香精

意大利从威尼斯引进东方的异馨

不久修道院都装上蒸馏器提取花芬

佛罗伦萨的林芮大师移民法国

兑换桥上卖香水盛况延至一七五六年

庞帕度夫人是香水业的金银靠山

拿破仑在埃及入浴要加古龙水

唯有我只喜欢飘忽不定的幽芳

瓶装的，人身上的香味伧俗可耻

1995

蚕 歌

忆儿时春来养蚕

蚕蚕而不蚕于蚕的样子

我家富闲，养蚕以明志耳

每年使我惊喜、亢奋、迷茫

长日静穆无聊赖的家

有了这件阖第诚惶诚恐的事

洗蚕箔，扎蚕蔟，满宅桑叶清香

啮声沙沙如深夜荷塘密雨

初眠，二眠，第四次叫大眠

作茧成蛹、化蛾，破茧而复活

采茧，缫丝，庆典似的喜气洋洋

那么一切要等明年了

小孩子是不知道等待的

只知道石榴花开暑假到来

1995

165

KEY WEST

热带阳光

十月下午

我来白头街

Key West 小镇

海明威的家

两层，平顶，多窗

黑漆铸铁栏杆

草木肥硕森绿

风吹不动

他的文体简洁么

力与寂寞

他想到哪里去了

生命的剧情在于弱

弱出生命来才是强

1995

奥地利

哈福堡皇宫、瑞士官邸

阿玛里府第，斯塔尔堡

静态的维也纳，默默辉煌着吧

西班牙马术学校在动，白色的马

配着波卡、华尔兹舞曲，马啊

节奏精准韵律十足，这些马啊

我也马一样地行到主教大教堂街 5 号

莫扎特说他毕生最快乐的时光在这里

努斯朵夫路 54 号，舒伯特诞生地

贝多芬故居多多，性格即是命运

徐步走，还可途遇海顿、勃拉姆斯

奥地利的森林浴，森林梦宜于老人

多瑙河岸边，择一高处，独自

什么也想不起来地坐看夕阳西下

1995

复仇之前

沉重辽阔的俄罗斯之歌

黑衣僧侣独自唱起来

教堂四周，苏联移民们

如中邪着魔，海草般晃动身躯

彼此不复相视，不复相语

这是音乐独尊男声独尊的时刻

唱者玄袍乌髯，下午的教堂

幸存的俄罗斯遍体鳞伤

受尽凌辱的良善忠诚的男女

带着普希金的诗篇投奔 American

主啊，在复仇之前决不能宽恕

基督的敌人死有余辜永受咒诅

主啊，在复仇之前决不能宽恕

愿这是你的意志而非仅是我的意志

1995

五月窗

五月窗，雨

湿黑的树干

新绿密叶

予亦整日湿黑

连朝无主地新绿

矜式于外表

心里年轻得什么似的

囚徒睡着了就自由

夜梦中个个都年轻

白发，皱纹，步履迟缓

年轻时也以为一老就全老

而今知道，被我知道了

人身上有一样是不老的

心，就只年轻时的那颗心

1996

169

脚

别支撑，莫着力

全身覆熨在我胴体上

任我歆享你的重量，净重

你的津液微甘而荽馨

腋丝间燠热的启示录

胸之沟，无为而隆起的乳粒

纤薄的腰腹却是遒劲之源泉

再下是丰草长林幽森迷路了

世俗最不济的想像是美人鱼

那是愚劣的，怎可弃捐双腿

我伏在你大股上，欲海的肉筏呀

小腿鼓鼓然的弹动是一包爱

脚掌和十趾是十二种挑逗

最使我抚吻不舍的是你的脚

1996

夏风中

我知道，浮来氽去的

都不是我最后的情人

那最后的一个将会来临

乡村歌手弹琴轻轻唱

无知地唱着荒凉的欲望

爱情早已失传，宝藏空竭

夏日的阵阵清爽的南风啊

我经识过多少恋的成败

优雅的初恋继之粗鄙的热恋

疲倦，哦，却又怕死贪生

性欲与饥饿日日不召自至

懒洋洋，我坐在木栏上荡脚

等待最后的情人的到来

真是的，我便能一眼看清

1996

择 路

仿佛昨夜归真返璞

今天做什么呢

神和理性远去了

我还在写

爱和仇恨远去了

我还在写

手掌和手指远去了

我还在写

只有活着而死亡的朋友

没有死亡而活着的朋友

我音乐似的想

陀思妥耶夫斯基的急匆匆

哈代的慢吞吞

中间也许就是我走的路吧

1996

杜唐卡门

啤酒杜唐卡门

埃及法老阿卡纳坦之爱物

王后妮菲提蒂的殉葬品

我謇謇求教于阿卡纳坦

一种名叫艾玛的小麦

好容易在土耳其被我找到

带回英国，种植，幸如愿

其中还要掺以胡荽、蓼荽

纯阳性潮的临界冲刺时

耳背、发脚及颈的两侧

一股新鲜胡荽的烈香妙极了

精窍的歆享，行将失传

仅存的传人才配饮杜唐卡门

啤酒中的性啤，王啤

1996

泡　沫

爱情的类别纷繁

一启始就完结了的爱情最多

维纳斯，那位阿芙洛蒂忒啊

从海洋的泡沫中诞生，清晨

泡沫泡沫，周围都是泡沫

我一生的遇合离散

抱过吻过的都是泡沫呵

想抱想吻不及抱吻的更多

那是瞬间更短促的泡沫呀

我渐渐疲乏而刻毒了

躺在浴池的豆蔻温水里

莹白的泡沫，爱情的回忆

爱情洗净了我的体肤

凉凉的清水冲去全身的泡沫

1996

晚　声

傍晚，小学生回家了

市声营营然，我躺在暗室里

此种氛围最富人间况味

杭州，二次大战乍歇

我十九岁，寓居城隍山脚下

考取美术学校要去上海了

得意归得意，伤心真伤心

失恋，思乡，久慕的流浪伊始了

乃知流浪并不好，小学生回家好

我喜看炊烟，闻水的腥味，野烧草香

都市中只爱听日夜不息的市声

耽耽然，盈盈然，平稳，低沉

与己无关，与己有关，俗世的奏鸣

十九岁的时候已经厌命而贪生

1996

175

拉丁区

巴黎大学前身神学院

拉丁语为主

第五区便叫做拉丁区

三十年代，什么也没有

可以过得很好

穷呀，快乐呀

因为年轻得什么似的

住，住在大主教街

走，走在冷清清的先贤祠广场

圣米歇尔大道转角处

那家卖咖啡的

一客奶油蛋糕真新鲜

一杯咖啡由你坐上老半天

现在，噢，麦当劳速食店

1996

咆　哮

人，从前是有灵魂的
又叫做心，画出来很好看
大战后，灵魂猝然失落
先还在问失落了什么
稍后失落感也迷茫失落了
头脑披满长发，没有记忆
胴体和四肢里尚留记忆
歌手们嘶声噪叫跳踊
不是头脑在唱，是什么呢
是肩和背在唱，手和脚在唱
悲凉，直着嗓门咆哮
这是肩和背的悲凉，脚和手的悲凉
扭摆着，比划着，无知已极
这是大幅度无知已极的悲凉

1996

177

中 国 的 床 帐 I

从前中国人家的内房

檀木床柜，皮革箱笼

纱锦帘幔，绣满花蝶的枕被

脂粉瓜果香料药品

氤氲不散的室人的气息

有一张长而阔的矮凳，叫春凳

明说是为白昼交欢之所备

孩子们在春凳上吹斗纸马

厅堂，书斋，挂满峭刻的格言

澹静的字画，供陌生客瞻赏

熟人在内房，暗沉沉，门咿呀响

那忧郁的床帐是很淫荡的

罗的，夏布的，帐门可以钩起放下

即使没人，帐子已很淫荡了

1996

中 国 的 床 帐　Ⅱ

我少小时睡的床四季都挂着帐子

绣幔，银钩，帐门可垂落而严闭

帐里帐外就成了两个世界天地

这样的分隔有时是怡静有时是懊恼

何以怡静何以懊恼那是深深的秘密

少小时备知况味却无能与人诉说

于今追思都是荒唐的戏，悲凉的劫

一个人被拉进帐中就成了另一个人

两个人同入一帐就能化怨为恩

中国的帐子是千古魔障，灭身的陷阱

帐顶似天，簟褥似地，被枕宛如丘陵

长方形的紫禁城，一床一个帝君

诞于斯，哭于斯，作乐于斯，薨于斯

中国的床，阴沉沉，一张床就是一个中国

1996

179

草　叶

我这里的植物太聪明

祸福凶吉它们——预知

我乃家之主亦家之仆耳

领衔并侍候它们朝朝暮暮

说句悄悄话，我害怕

很害怕它们的无私的枯荣

我自信是个有灵魂的人

我的精神传不到别人身上

却投入了这些绿的叶紫的茎

素不莳花，只种一盆盆的草

凡有客来皆惊讶它们的郁茂

近乎怪诞的苍翠欲滴，欲流

啊，此非屈灵均之暗示乎

也真有点惠特曼的不好意思

1996

那 人 如 是 说

你走后，管家也走了

这里便成为阴冷死屋

我只取烟斗，有你的手泽

十二年等的是一封信

那天回家忽见有一封信

不料你的人突然雷电般光临

周身沁着汗，你以淋漓大汗爱我

初春夜，料峭阵风吹响屋角

市声营营的江滨，那是窗外

为你拭汗，汗又涔涔下

你如此饱满地虚乏在我脖子上

去时是个浪子，归来像个圣徒

你信了我吧，不信也没有时候了

1995

它们在下雪

雪就越下越大

我是说雪朵的大

从未见过这样大的雪

像绣球花，飘飘绣球花

不停，尽飘不停

我开了门，直视

雪朵也快乐自己的大

小的也有孩子手掌那么大

必是好多雪片凑在一起

松松，虚虚，团团的白

地面屋顶很快就全白了

雪的浩浩荡荡的快乐

我的快乐就比不上

雪是飘的，我呆站着

1996

醍 醐

你在爱了

我怎会不知

这点点爱

只能逗引我

不足饱饫我

先得将尔乳之

将尔酪，将尔酥

生酥而熟酥

熟酥而至醍醐

我才甘心由你灌顶

如果你止于酪

即使你至酥而止于酥

请回去吧

这里肃静无事

1996

美味无神论

唇美

齿亦美

笑起来尤美

别笑

多笑就傻了

我处处奉你以

隆重礼节

尊你若

云端神明

到那一天

我将突然无礼

成了

飞扬跋扈的

香甜无神论

1996

是　爱

好像是爱

一点点希望

还得云淡风轻

昨日，买家具二件

本世纪初的长柜

上世纪中叶的高橱

那橱，沉，乌幽幽

我仿佛咬了十九世纪一口肉

独行侠的家不能称家

鹰的巢，悬崖峭壁

诗稿积于柜，书本列于橱

我的悬崖峭壁哪

愿无言而倚偎，听落地的钟

滴答滴答的童年少年

1996

命 运

命运摆布我

我学会了旁观的本领

命运之为大力神

它凡事总能出乎意外

顺着它的脉络去想

走的却是岔路绝路

按照它的牌理拼打

输得天旋地转片甲不留

我在苦恼中钦佩了

命运对我真是一贯仁慈

它的耐心实在太好

用漫长的悲惨安排洪福

还说，你要异乎寻常的美妙

我只好精工细作

1996

保加利亚

德国公园里的椅子

不动，不能移动

法国公园里的椅子

有一些随意可搬

保加利亚的路摊上

我买了一个苹果

摊主说，再来一个吧

我摇头，他又给我一个

我忙摇头，苹果又过来

噢，在保加利亚摇头是"是"

听说您也要到保加利亚去

您最好不要带着您的头

苹果多几个无所谓

假如有人向您求婚呢

1996

WELWITSCHIA

降雨量极低

纳米比沙漠

WELWITSCHIA

全靠吸收薄雾的微湿

主干厚一点五米

主根入地二十米

寿命一五○○年以上

二十岁开花，从此

一辈子开花开到底

这是蛮荒的传奇

却像在讽谏艺术

艺术的根尤其深

艺术比 WELWITSCHIA 更长寿

开花开到世界末日

1996

眉　目

你的眉目笑语使我病了一场
热势退尽，还我寂寞的健康
如若再晤见，感觉是远远的
像有人在地平线上走，走过
只剩地平线，早春的雾迷濛了
所幸的是你毕竟算不得美
美，我就病重，就难痊愈
你这点儿才貌只够我病十九天
第二十天你就粗糙难看起来
你一生的华彩乐段也就完了
别人怎会当你是什么宝贝呢
蔓草丛生，细雨如粉，鹧鸪幽啼
我将迁徙，卜居森林小丘之陬
静等那足够我爱的人物的到来

1996

189

陌生的国族

飘泊者的迟暮之年

风吹来故国的消息

谁死了，谁也死了

怀念而期望酬恩者

蓄忿而思图复仇者

死，一片空白，了无余波

就像战火尚在纷飞

敌方的将帅罹病暴毙

至亲好友相继丧于瘟疫

秋风萧瑟，胜利班师亦虚空

战后满目幸存的陌生人

爱是熟知，恨也是熟知呀

迟暮之年的飘泊者

遥远的故国已是一个陌生国了

1995

佛芒海燕

我望着佛芒海燕

它随风与气流翱翔

一足转动，翅即倾斜

控制了方向和风势

在风速六十里中稳稳飞掠

绕圈，转弯，高高低低

我眼睛也看酸了

它没有扇过一扇翅膀

难怪信天翁可连飞半年

佛芒海燕嘴上的鼻管

也能自行排除盐质

白头，白颈，背和翅淡灰

暴风雨中一小片云

苏格兰海岸，我的朋友

1996

SOLITUDE
AKADEMIE SCHOLOSS SOLITUDE

席勒、哥德被邀请

来此地写作，朗诵

每天早晨六点钟

臣仆叩门，奉旨敦促起身

我叫道：请禀国王陛下

缪斯还在沉睡

我先起来又有何事可做

德国南方斯图加特市郊

巴登符腾堡选帝侯的夏宫

远绝市尘，高凌山顶

只有风声雨声鸟啼声

颇多人全身古装骑着骏马

马蹄敲着鹅卵石的地面

石卵中有一块曾是我的心

1996

另类欧罗巴

都柏林

三一学院

九世纪的克尔斯

The Book Kells

爱尔兰之夜

塞尔特人的脾气

周末，有一种运动

叫"酒吧式游泳"

在密密汹汹的人丛中穿梭

真要拿出点旱地浮汹的本领

到 O'Donghue 去

进门即见侍者高高走在吧台上

他的双脚移动于酒杯间

你招呼，蓦然一杯啤酒到了眼前

爱尔兰的啤酒气泡浓浓而细细

浑圆地罩在杯口上，心口上

都柏林的星期天

十点钟，才见姗姗行人

每月的第一个假日的上午

铁匠场，马匹贸易

邻近的大男孩们

足登厚厚的木屐

戮力踩在石板上

一片晴朗的马蹄声

伺机跃上马背

驰骋过瘾

不用鞍辔的骑术

才称得上士马精妍

1996

印　度

邻近几家印度人

风，肴浆的调煮

印度人连续吃喝么

华严蛮荒的香味

不必再去印度了

浓烈的香味

率领印度找上门来了

1997

蒙特里奥

葡萄山，橄榄城
急湍奔流，带动了
纺织和造纸

五十年前
异国的廉价劳工
抵销天然古旧的行业

年轻人出走
幼稚园关门
蒙特里奥形同鬼蜮

市民三千剩八百
天使在梦中显身

捧来一部闪光的巨书

市民们相呼而议

无视电脑网络

协力经营书店

安谧的窄巷

饼屋一

杂货铺一

屠宰场一

酒吧一

书店十二

许多这样的巷

成了书的丛林

留连于清醒的迷宫

谨以收藏

珍本二手书闻名

装订、印刷、文具跟进

文艺衍生副产品

兴动山城整个繁荣

市长说，一切拜古书之赐

市民富裕

纷纷翻修

十八世纪的老屋

一九九六年观光客十万

书的情人，闲雅斯文

珍惜此地的明山秀水

星期日

教会广场文艺市集

静，像一场圣徒的哑剧

熙来攘往，和颜悦色

要说最高分贝的噪音

那就算教会的悠扬钟声了

1997

五 月 街

深灰暗绿整洁静谧

著名的街暧昧的街

五月晼晚两个人两个人地走

酒吧的名称狡黠而憨蛮

门口，小群文雅的喧哗

幽幽暮色，脸庞更清晰

一路的辽阔胸背紧峭腰胁

浮艳于黄昏，沉萃于午夜

深灰暗绿两个人两个人地走

整洁静谧克利斯朵夫街

河之滨，水面风冷，窅黑

两人共怀一盏薄明的灯

深灰暗绿沿着河水走

晨曦中的胴体已是初夏六月

1996

普罗旺斯

连朝秋雨
放晴
空气飘松香
一片澄蓝天
鹰飞高高，叫

游客渐稀
小镇恬静
翠绿转金黄
葡萄串串剪
柳条筐，弓着腰

就地午餐
睡一忽儿

筐重三十斤

继续剪葡萄

夕阳西下

厚实大木桌

陈年佳酿

简明的笑料

开怀畅饮

普罗旺斯夜晚

饱食坡上草

绵羊要下山过冬

一路多少小镇

安排茶水，搭大棚

摊贩云集

茸毛拖鞋

羊皮背心，蜂蜜

橄榄油，乳酪

制作时的照片

给地址，请来农场看看

葡萄藤烧

烟味甜丝丝

小羊排蒜香

腴嫩鲜美

阿尔卑斯山的草喂的

一簇野花

一件披风，一段松干

洒然摆在摊上

长猎枪，山猪头

那是卖野味的

明年葡萄熟

羊群又要经过

秋天就这样

秋天

普罗旺斯

1994

歌　词

你就像天空笼罩大地

我在你怀中甜蜜呼吸

你给予我第二次青春

使我把忧愁忘记

我是曾被天使宠爱过来的人

世上一切花朵视同尘灰

自从我遇见你

万丈火焰重又升起

看取你以忠诚为主，美丽其次

可是你真是美丽无比

你燃烧我，我燃烧你

无限信任你

时刻怀疑你

我是这样爱你

1975

通心粉

一堵红墙露出金色的隙缝

上面两枝杉木浓荫匝地

天蓝得好像不是在别国看到的天

白石的台阶陡峭，高处是靛青的门

杏子，柠檬，佛手在橄榄林中发光

意大利全靠一个太阳，我全靠一个你

我给你买了顶威尼斯参议员的红帽子

在这里，渔夫们也戴着走来走去

大家都吃通心粉，哪里就通了心了

别后，想起你的顽皮，我就爱

1993

春　雷

笔下的字迹日益零乱

心神怔忡，我快要离去

晚餐时忽然惊喜，雷声

夜雨中雄浑庄严的雷声

儿时，我最爱听每年的春雷

尤其是第一阵，分外神圣

那时我无所回忆无所希望

却觉得春雷在许诺什么预告什么

并非单是指草青花开水流蛙鸣

是别的，必定还有别的更好的

会像春天一样的来临，扑在我身上

故乡的春雷，隆隆预告的

原来是因精美而迟到的你

无奈我又将归日难期地离去

1995

芹香子

你是夜不下来的黄昏

你是明不起来的清晨

你的语调像深山流泉

你的抚摩如暮春微云

温柔的暴徒，只对我言听计从

若设目成之日预见有今夕的洪福

那是会惊骇却步莫知所从

当年的爱，大风萧萧的草莽之爱

杳无人迹的荒垅破冢间

每度的合都是仓猝的野合

你是从诗三百篇中褰裳涉水而来

髧彼两髦，一身古远的芹香

越陌度阡到我身边躺下

到我身边躺下已是楚辞苍茫了

1995

209

我 的 体 温

颓墙上覆垂着鲜花

橄榄枝重生绿意

古水道暗红穹窿下

白的丛丛簇簇那是杏仁树

春草波连的罗马郊野

罂粟若焰，紫罗兰锦褥铺展

昨日斜阳中我寻到一尊雕像

白石雕像极似十二年前的你

我神思恍惚一整天了

此刻好些，我走在再访的路上

雕像即将沁遍我的体温

我如萝藤缠柏树那样地搂抱你

从城头上掠下来的阵阵清风

带着巴拉丁古园的蔷薇幽香

1993

渔村夜

绒茸茸的稻田中筋络似的细流
是运河的分支，运河映着日光
秋木清瘦，披着赭红粉屑
积雪的阿尔卑斯山变得柔和了
雄伟的大线笼盖着辽阔的地面
橙黄，青绿，淡蓝纷纷抹下来
黄昏就这样降落在亚平宁山脉上
羊肠小径沿着嵯峨的峰峦蜿蜒
重复，交错，如天神们的舞迹
长风吹来海水杂着橙树的气味
海是拉丁海，在暮霭中颤动闪烁
小船卸帆，安安稳稳先睡了
我在米兰平原的渔村中等你
今宵与我共眠，还只是记忆中的你

1993

波 兰

递给一支烟
同时抽起来看窗外
烟又辣又甜，德国的
开始下雨，斜击着玻璃
田野上空乌云密布
树木粮仓村庄匆匆而过
也去克拉科夫吗
是的，是个很美的城市吧
很美卡托维兹也美
下午可以去法弗尔堡
莫忘了玛丽亚教堂
法伊特·施托斯祭坛
建筑物上的油画不必看

观望城墙，塔楼

教堂和屋群

卖樱桃者，修士

单匹驾驭的小马车

包头巾的村妇

将来怎样讲述克拉科夫呢

当它沐浴着阳光

酸樱桃在陡峭的城墙下闪耀

鸽子连片飞向旧区

风徐徐吹度到喧嚣的市场

从背后，看诺瓦胡塔

那些平坦和善的耕地

将来不会向谁讲述这些的

1994

年轻是一种天谴

七月中午

草地刚刈过

处处青涩气味

阳光无尽地下射

走到哪里去

总觉得太年轻

缺少的不是一样两样

整个儿年轻是无救的

玫瑰花台，桦林小径

躺下来，侧身眺望

池塘淡蓝水面

飘浮洋洋自得的忧悒

知道一切都好，我也好

可是没有人知道我

粉黄蝴蝶

从这支草飞到那支草

桦树的浅色枝条

在头上款款摆动

这样天气就更热了

蔷薇丛中麻雀跳着

有一只假装用力啄地面

还快乐地叫，叫

池塘那边传来捣衣声

人的笑声，泼水声

我知道他们是不知道我的

1993

奥古斯答

由于太热夏季很短促

八月二十日后没几天

空中涌出一批胆怯的云

洒下少些血的温度的雨

入夜，闪电在地平线上交织

这道光未消失那道光已显现

像天神的思路……清晨

鹌鹑色的波浪前程难卜似的忧悒

傍晚无风，海面还是层层皱纹

烟灰，铁灰，转为珍珠母灰

残云在最远处贴及水面

希腊海岸那边可能下雨了

1994

去罗卡拉索之前

坐着

与海隔大路

盐味弥漫

堡顶升了旗

欢迎什么呢

巨响盖过所有的声音

小飞机最低地掠去

五色纸片纷纷下

青年，姑娘

喜形于色的绅士

华丽老太太

这些都是别人

快乐，安全，不吃亏

没有体会过屈辱

卖气球的走了

那些人就像跟着走

小车停住

出来男的精致皮鞋

女的一蓬纱

咖啡店里的都看

她有点窘，笑笑

他对大家招呼

这些都是别人

除非拿到二十万里拉

再见，去罗卡拉索

目前仅只星期天

海风一阵一阵

酒吧的糕饼炉

向外

向上帝

散出豆蔻的香味

比谁都说得好

1989

杰克逊高地

五月将尽

连日强光普照

一路一路树荫

呆滞到傍晚

红胸鸟在电线上啭鸣

天色舒齐地暗下来

那是慢慢地，很慢

绿叶蓁间的白屋

夕阳射亮玻璃

草坪湿透，还在洒

蓝紫鸢尾花一味梦幻

都相约暗下，暗下

清晰，和蔼，委婉

不知原谅什么

诚觉世事尽可原谅

1993

海风 N0.1

海风对人非常有益
是啊，我信的
只要天气许可
就到这儿来吹海风

海风所说的
别的风都说不好
说得好的是海风
我要说的，海风代说了

1996

海风 N0.2

海边
大幅度的微风
清晨到傍晚
都是我的意思

夜的海风很悲伤
不是我的意思了
或者
我从前的意思

1996